FRANÇOIS FABIÉ

Vers la Maison

PARIS

ALPHONSE LEMERRE, ÉDITEUR

23-31, PASSAGE CHOISEUL, 23-31

M DCCC XCIX

Vers la Maison

DU MÊME AUTEUR

Petite Bibliothèque Littéraire

Poésies (1880-1887). *La Poésie des Bêtes.* — *Le Clocher.*
1 volume in-12 avec portrait. . . . . 6 fr.

— (1888-1892). *La Bonne Terre.* — *Voix rustiques.*
1 volume in-12. . . . . 6 fr.

Ces deux volumes ont été couronnés par l'Académie française.

Édition in-18

La Poésie des Bêtes. 1 volume. Ouvrage couronné par l'Académie française. . . . . 3 fr.

Le Clocher. 1 volume. . . . . 3 fr.

La Bonne Terre, 1 volume. . . . . 3 fr.

Amende honorable a la Terre. . . . . » 50

La Poésie dans l'Éducation et dans la Vie (Discours prononcé à la Sorbonne, à la Distribution des prix du Concours général). 1 vol. . . . . » 75

Voix Rustiques. 1 volume. . . . . 3 fr.

FRANÇOIS FABIÉ

Vers la Maison

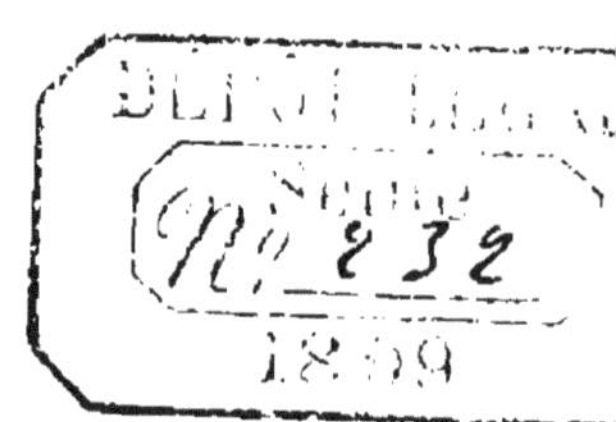

PARIS

ALPHONSE LEMERRE, ÉDITEUR

23-31, PASSAGE CHOISEUL, 23-31

M DCCC XCIX

I

Ma Maison

MA MAISON

DANS un étroit vallon blottie,
Vers mil sept cent quatre-vingt-neuf,
Mon aïeul, dit-on, l'a bâtie,
Ou, tout au moins, remise à neuf.

Face au midi, bien adossée
A l'ancien étang féodal
Dont elle épaule la chaussée,
Elle fut le moulin banal

Où deux ou trois pauvres villages
Et quelques petits mas perdus,
Avec leurs maigres attelages
Plusieurs siècles sont descendus

Moudre au tic-tac vieillot et grêle
D'un mécanisme trébuchant,
Tout ce que la dîme ou la grêle
Laissaient de seigle sur leur champ...

Mais lorsque le soc populaire
Démantela le vieux château,
Et que, sous un flot de colère,
Son granit roula du coteau,

Mon aïeul — un Jacques Bonhomme
Très longtemps meunier chez autrui —
Ayant été très économe,
Put devenir meunier chez lui.

Il acheta l'humble ruine,
Prit la truelle du maçon,
Et fit un moulin à farine
De l'antique moulin de son*,

* Traduction d'une expression locale signifiant un moulin misérable.

Exhaussa le tout d'un étage
Large, aéré, plein de soleil,
D'où l'on entend le caquetage
De la trémie à son réveil,

Puis crânement, sur la toiture,
Comme un noble arbore un blason,
D'une meule en miniature
Il girouetta sa maison.

Il planta, — car celui qui plante
A foi vraiment en l'avenir, —
Des arbres à croissance lente
Qui font durer le souvenir,

Et qui, maintenant séculaires,
Sur le vieux toit courbés du vent,
Parlent à voix hautes et claires
De l'ancêtre en eux survivant...

Il prit femme; et ma bonne aïeule
Se mit à l'œuvre sans façons,
Berçant au refrain de sa meule
Trois filles et quatre garçons

Qui remplirent de cris, de joies,
De luttes et de jeux sans fin
La maison, le pâtis aux oies
Et tous les halliers du ravin,

Puis si vaillamment essaimèrent
Et si gaîment, quoique pieds nus,
Que des vieillards qui les aimèrent
Sont fiers de les avoir connus...

C'est là ma maison paternelle,
C'est là le nid qui m'a bercé :
Quand pourrai-je y ployer mon aile
Et n'y vivre que du passé !

LE FOYER

A Maurice Colrat.

VRAI cœur de la maison, gai, palpitant et clair,
Pour réjouir l'esprit et ranimer la chair
Le foyer flambe dès l'aurore,
Poursuit partout de ses flèches d'or le sommeil,
Teint la vitre de pourpre et nargue le soleil,
Et chante dans le bois sonore.

Il dit à tous : « Debout! » comme le coq ; « Prions! »
Comme la cloche en ses mystiques carillons.
Et devant sa vivante flamme,
Tous en cercle rangés, agenouillés ou droits,
Joignent leurs mains vers Dieu, vers lui leurs talons froids,
Pour se chauffer le cœur et l'âme.

Puis le foyer les cède à la table un moment,
Et la table au labeur; mais le foyer aimant
Les accompagne encore en plaine,
Les suit sur les guérets et jusqu'à l'horizon,
En faisant sur le toit de la vieille maison
Flotter en bleu sa douce haleine.

Et pour le petit pâtre aux landes exilé,
Transi par les hivers, par les étés brûlé,
Et que la faim souvent tourmente,
La légère fumée au loin est un espoir
Qui s'élève et palpite, et qui parle du soir,
Et promet la soupe fumante.

* * *

Il est nuit. Revenus des friches ou des blés,
Ils tendent au foyer qui les a rappelés
Leurs doigts gourds gercés de crevasses;

Dans un rêve béat de bien-être animal
Ils se plongent; la flamme endormeuse du mal
Épanouit leurs maigres faces.

Et le sommeil les prend. « Prions, mes fils, prions. »
Dit la fermière. — Et dans le refrain des grillons
Cachés sous la pierre de l'âtre,
Elle récite, — plus longue que le matin, —
La prière pour tous, cependant que s'éteint
Sur les murs la clarté folâtre.

A présent tous s'en vont, à tâtons, dans les coins
Chercher la dure couche où l'on dort à pleins poings
Jusqu'à ce que le coq s'éveille;
Et, seule, la fermière accroupie au foyer
S'attarde encore à voir sourire et rougeoyer
Le bout d'une bûche vermeille.

Elle revit dans ces reflets les jours bénis,
Sa douce enfance au long des bois où sont les nids,
Les beaux amours de sa jouvence,
Ses noces dans le temps des cerisiers en fleurs,
Son mari mort, ses fils soldats, l'effort, les pleurs
Et l'âge qui déjà s'avance;

Puis couvre gravement de cendre le tison;
Car, tandis qu'au sommeil sombrera la maison,
        Contre le froid et l'épouvante,
Contre le mal qui peut soudain fondre sur nous,
Il faut le feu sacré qu'on souffle à deux genoux,
        Et qui la fait encor vivante.

LA TABLE

A Alphonse Lemerre.

Dans la salle enfumée où s'agite et s'enferme
Tout entière la vie intime de la ferme,
— Où l'on mange, où l'on veille, où l'on prie, où l'on dort, —
Large et lourde et taillée à simples coups de hache,
Est la table où chacun s'en vient, après la tâche,
S'asseoir une heure afin d'en repartir plus fort.

Pour sièges, deux bancs faits des deux moitiés d'un hêtre ;
Vers le haut bout, toujours au même endroit, le Maître,
Près du vaste tiroir, trône, superbe et doux,
Et mange gravement et voit manger son monde,
Verse à boire quand il convient, coupe à la ronde
Le morceau de pain brun ou blond qu'il faut à tous.

Il parle, et l'on se tait; il se fait rendre compte
Des labours, des moissons, des marchés, de la tonte,
Des décès et du croît des bêtes, approuvant
Ou critiquant, donnant des ordres qu'on révère;
Puis, fermant son couteau, vidant un dernier verre,
Il renvoie au travail sa troupe — en se levant.

Mais la place — eux partis — ne demeure point vide;
Le vacher en retard, le vagabond avide,
Le tout-petit qui dit : « J'ai faim ! » en s'éveillant,
Et qui péniblement escalade sa chaise,
S'approchent un par un de la table où s'apaise
Une heure le vautour qui nous ronge le flanc...

*
* *

A certains jours elle se pare et se fait blanche;
La nappe à fleurs embaume, et sur la rude planche
Met son aube éclatante et ses vieux plats d'étain :

On se marie, ou l'on baptise, — ou l'on enterre !
Car la Table, à la ferme, est de tout grand mystère,
Et le mort est le seul à n'y plus avoir faim...

Table rustique, sœur de la marmite sombre
Qui te fait vis-à-vis, là-bas, dans la pénombre,
Ou même sur son banc te prolonge parfois,
Nul ne peut te revoir dans sa vieille demeure
Sans que son œil se trouble et que son âme pleure
Ceux qui te couronnaient de regards et de voix.

Mais que t'importe à toi, Table robuste et bonne ?
Tu remplaces soudain celui qui t'abandonne
Par d'autres qui guettaient, debout, les yeux ardents
Dans l'ombre ; et quand je pars, les fils de ma fermière
Bondissent vers ton grand espace de lumière,
Cuiller au poing, narine ouverte et rire aux dents !

Et d'autres laboureurs, d'autres gars, d'autres filles,
D'autres vieux mi-perclus, d'autres gueux en guenilles
S'attableront où nous nous sommes attablés,
Communieront au pain rustique de la ferme,
S'en iront à leur tour, te laissant large et ferme,
Toujours hospitalière aux nouveaux appelés.

Ah ! dure et donne à tous longtemps repos et joie,
Comme l'arbre et la source aux marges de la voie,
Comme le lit pour qui l'on te quitte le soir
Et d'où l'on te revient dès que l'aube se lève,
Table, image de celle où le poète rêve
D'aller avec tous ceux qu'il aime, ailleurs, s'asseoir !

L'ALCOVE

A Émile Trolliet.

TANDIS qu'on rebâtit la maison délabrée,
La vieille alcôve attend, vide, devant l'entrée,
Qu'on la réédifie à droite du foyer...
Le regard du passant la fouille et la profane,
Et le petit bouquet de buis bénit s'y fane
Au vent qui le fait tournoyer.

Le Maître qui jadis, pour sa noce prochaine,
Chargea l'humble ouvrier de faire en cœur de chêne
Ce lit de son amour et de ses rejetons,
Avait compris que la couche familiale
A besoin d'être forte, héroïque et loyale,
Et de rester quand nous partons,

Pour léguer, à travers au moins trois ou quatre âges,
Les vertus de la race et les mâles courages
De ceux qui longuement, très chastes, sans remords,
Se sont adorés là comme en un temple même,
S'y sont tordus dans la douleur, sans un blasphême,
Puis chrétiennement y sont morts...

Lui-même y conduisit un soir sa jeune femme,
Beauté rustique et saine, aux lueurs de la flamme
Qui montait du foyer et palpitait aux murs,
Avivant les rougeurs de l'épouse pudique,
— Tandis que les grillons leur chantaient le cantique
De l'été dans les épis mûrs.

Et dix fois en vingt ans, dans les cris et les transes,
Les vagissements doux succédant aux souffrances,
De vaillants nouveau-nés sont éclos dans ce nid,
L'ont flanqué de berceaux aux cadences légères,
D'où sont partis soldats, laboureurs et bergères,
Race forte que Dieu bénit.

*
* *

Puis, dans la même alcôve où la fraîche épousée
Entra vierge, la mère, avant l'heure épuisée
D'avoir donné son sang à flots avec son lait,
Se couche un soir, très pâle, et meurt sans une plainte,
— Mains jointes, le rosaire aux doigts, comme la sainte
Qui du Paradis l'appelait...

Le maître en son grand lit demeure solitaire,
Tout son cœur à la morte, et voulant que sa terre
Aux fils qu'elle enfanta ne fasse point défaut;
Comblé de jours, il fait venir notaire et prêtre,
Lègue à l'aîné l'alcôve, — et s'en va comparaître
Devant le Maître de là-haut.

Et toujours, et toujours ainsi : l'humble héritage,
A l'abri des débats, des procès, du partage,
Passe du père au fils, au petit-fils, suivant

Le destin de la ferme et le cours de la vie,
— Arche qui toujours flotte et jamais ne dévie,
Et court au port malgré le vent.

*
* *

Toi, qui remets à neuf ce logis en ruine,
Si le cœur des anciens habite en ta poitrine,
Jeune homme, et si leur but est encore le tien,
Rends au lit paternel sa place coutumière,
Près de l'âtre, dans la chaleur et la lumière,
Sous le grand symbole chrétien.

Où leur corps s'étendit que ton corps se délasse!
Dors là leur bon sommeil, songe leur songe, enlace
Celle qui doit par toi repeupler la maison;
Que là naissent tes fils, — comme les beaux arbustes
Surgissent au printemps du pied des troncs robustes,
En opulente frondaison.

Sur l'oreiller commun aux jumelles empreintes
Porte tous tes espoirs, tes bonheurs et tes craintes;
Qu'il soit ton confident, qu'il soit ton conseiller;
Les âmes des aïeux y reviennent, sans doute,
Et l'oreille entend bien, si le cœur les écoute,
Ceux qui sur nous doivent veiller...

Enfin, sous ces rideaux fanés peints de ramages,
Sous ce ciel enfumé, ce buis et ces images
Que tant d'yeux à jamais éteints ont contemplés,
Croise tes bras un soir, quand le soleil trépasse,
A l'heure où l'Angélus fait prier à voix basse
Les hommes, les bois et les blés;

Et meurs paisiblement au lit de tes ancêtres,
Après un long regard d'amour à tous les êtres
Qui t'aimèrent : enfants, bêtes, coteaux, forêts;
Après le geste qui bénit et fait l'épreuve
Moins douloureuse au cœur des fils et de la veuve,
Plus doux et plus longs leurs regrets.

LIT D'ENFANTS

Un trou triangulaire et noir sous l'escalier
Qui conduisait vers la charpente,
— Trou presque au ras du sol, accueillant, familier,
Douillet et tout empli d'une ombre enveloppante :
C'était mon lit, du temps que j'étais écolier.

Lit que je partageais avec mon jeune frère,
Avec les chats de la maison,
Qui souvent s'y venaient chauffer et nous distraire,
Dans la rigoureuse saison...
Doux lit d'où nous voyions celui de notre mère !

La fièvre n'y venait jamais nous visiter,
Ni l'angoisse, ni l'insomnie;
Mais des songes, si beaux, qu'on souffre à les quitter,
Et, dès l'aube, la fraîche et joyeuse harmonie
Du moulin et de l'eau qui semblaient se hâter.

« Debout, les paresseux! » criait une voix forte
Dans un bruit de sabots fuyant :
Notre père! — Il fallait se lever, mais qu'importe?
Notre mère nous embrassait en souriant,
Et des flots de soleil entraient à pleine porte.

Et, pour nous égayer tout à fait, à l'instant
Où nous quittions notre couchette,
Une pondeuse à crête rouge, en caquetant
Derrière l'oreiller s'y glissait en cachette,
Et Chanteclair au seuil l'attendait — éclatant!

LE SEUIL

A C. Vergniol.

Pour la première fois devant ma maison morte
J'ai passé comme un étranger;
Clos étaient les volets et close était la porte,
Et désert le petit verger.

Le vent d'autan tordait les poiriers nus et maigres
De mousse et de rouille couverts,
Et les vieux châtaigniers dont les hurlements aigres
Disaient les douleurs des hivers.

L'étang, plein jusqu'au bord, avait la couleur grise
Du ciel triste qui s'y mirait;
Et sur les rocs aigus où son onde se brise,
Lente, la cascade pleurait.

Et comme elle à pleurer j'aurais trouvé des charmes;
Mais l'angoisse qui m'étreignait
Ne pouvait de mes yeux faire jaillir les larmes;
Seul, dans l'ombre, mon cœur saignait.

Quoi ! nul n'apparaîtrait sur ce perron agreste !
Nul ne viendrait m'y faire accueil !
Des traces de sabots, est-ce tout ce qui reste
De ma maisonnée au cercueil ?...

Jadis, au moindre appel d'enfant, d'homme ou de bête,
Le sourire ou les pleurs aux yeux,
Mère et sœurs accouraient, la main ouverte et prête
A secourir au nom des cieux.

Ou, debout sur ce seuil aujourd'hui solitaire,
Mon père, de sa forte voix
Répondait, commandait, gourmandait, faisait taire
Les vacarmes et les abois;

Nous prédisait le vent au vol ras des abeilles,
La pluie, au rire du pivert,
La neige, aux cris perçants des troupeaux de corneilles
Tournant dans un ciel gris de fer;

Ou tendrement couvait, sur les pentes prochaines
Qui fermaient son simple horizon,
La forêt revêtant ou dépouillant ses chênes,
Au caprice de la saison...

Et le soleil à flots entrait, comme la joie,
Par la porte ouverte au midi,
Et tour à tour, avec le foyer qui flamboie,
Caressait le seuil attiédi,

Y faisait longuement s'asseoir l'aïeule lasse,
Son chapelet entre les doigts,
Et tomber à genoux tous les porte-besace,
Fatigués de porter leur croix...

* * *

Tout cela disparu!... Quatre cercueils de hêtre
Sortis, à bras de paysans,
Par où tant de rayons entrèrent, — et peut-être
La pauvre âme qu'en moi je sens!

Ah! seuils, vieux seuils sacrés, autels que l'on déserte,
Où l'on revient souvent d'abord,
D'où l'on repart, laissant rieuse et large ouverte
La porte que clora la mort!

Soyez hospitaliers aux souvenirs fidèles,
Aux prières des cœurs blessés
Qui vers vous par essaims volent à tire-d'ailes,
Comme l'âme des trépassés,

Comme le vent d'autan semant ses feuilles mortes
Où se posèrent les genoux,
Pour que les vieux logis semblent avoir aux portes
Leurs mânes disant : « Ouvrez-nous! »

LA GRAND' SALLE

Quel univers pour des marmots que cette salle,
La grand'salle enfumée où tout est noir : les murs,
Les poutres supportant la saucisse en spirale,
Les saindoux, les jambons, comme de grands fruits mûrs,
Et l'âtre où chante la marmite colossale!

Que de jeux on y peut jouer en liberté
Quand le père est dehors et la mère indulgente,
Bien à l'abri, l'hiver, bien à l'ombre, l'été!
Jeux dont les noms ont fui ma mémoire indigente,
Mais dont le charme intime en mon cœur est resté!

Luttes avec le chat qui gronde, souffle et crache;
Courses sans fin autour de la table, debout,
A quatre pattes; chocs brusques où l'on se fâche,
Lentes processions, psaumes, sermons au bout,
Recherche du brigand qui dans les coins se cache...

Et la vaste marmite au ventre rebondi
Nous offrait à foison de tièdes écuellées,
Et le profond tiroir, sous un couteau hardi,
Des tranches de pain brun, aigres, dures, brûlées,
Mais que nos dents croquaient comme sucre candi.

Et les jeux reprenaient, les horions, les larmes,
— Mais des larmes d'enfants, c'est du givre au soleil!
Tout à coup un pas lourd éteignait nos vacarmes :
Notre père rentrait! Devant le feu vermeil
Laboureurs en sabots et braconniers en armes

S'asseyaient, attendant la soupe. Et nous, chétifs,
Nous ne comptions plus guère; au bas bout de la table,
Par rang d'âge et de taille on se glissait, furtifs...
Puis venait au dessert le bon marchand de sable,
Et notre mère nous couchait, doux et plaintifs.

*
* *

Alors la salle entière aux grands était livrée ;
Des voix fortes montaient et des rires bruyants,
La pinte au vin versait la joie à la verrée,
Les mots salés partaient faisant les yeux brillants,
— Hors ceux de notre mère en son rêve rentrée,

En son rêve mystique et doux où, chaque fois
Que les grossiers labeurs lui laissaient une trêve,
Elle se replongeait comme l'oiselle au bois,
— Ame tendre blessée aussi souvent d'un glaive
Que celle qui suivit son fils jusqu'à la croix !

Puis l'ombre reconquiert la salle, et le silence,
Et le sommeil... Un seul reflet du feu mourant
Frappe la vitre où le balancier se balance,
De son compas égal comptant et mesurant
Les heures qu'au repos donne sa vigilance ;

Tandis qu'un gazouillis discret et cristallin,
Bruit d'eau vive coulant dans l'épaisse muraille
Et qui rappelle, en bas dormant, le vieux moulin,
Berce tous nos chasseurs qui ronflent, et les raille
Jusqu'à l'aube de son rire frais et malin.

LA PENDULE

A André Dumas.

Elle est bien là depuis cent ans,
Dans sa longue boîte enfermée,
La pauvre pendule enrhumée
Dont le balancier met le temps
En jours, en heures, en instants,
En bonheurs, en rêve, en fumée...

Oui, cent ans gravement ainsi,
Avec semblable exactitude,
Sans repos et sans lassitude,
Elle a pour tous les gens d'ici
Dosé la joie et le souci,
L'espérance et l'inquiétude.

Elle a marqué repas, sommeil,
Travaux, départs, retours sans nombre,
Les triomphes du jour sur l'ombre,
Et de l'ombre sur le soleil,
Et toujours d'un rythme pareil,
Que le destin fût clair ou sombre.

« Tic, tac »! Cadence des berceaux
Qui vous font, ô mères bénies,
De si pénibles insomnies.
« Tic, tac! » aux lueurs des flambeaux,
Marches lugubres des tombeaux,
Et noirs hoquets des agonies!...

« Tic, tac! tic, tac! » — Que me veux-tu,
Pauvre vieille pendule amie,
Qui dans la maison endormie
Mets toujours ton refrain têtu?
Puisque tout le passé s'est tu,
A quoi bon l'heure et la demie?...

Je te comprends! C'est ton devoir
De m'avertir aussi, sans doute,
Que je suis au point de la route

Où l'on descend sans le savoir,
Et d'où l'on peut apercevoir
La maison que chacun redoute...

« Tic, tac, tic, tac! » Pardonne-moi!
Oui, je mérite tes reproches;
Oui, j'eus tort de quitter mes proches,
Et leur labeur avec leur foi...
Mes remords parlent comme toi,
Et comme toi parlent mes cloches.

J'eus tort de quitter le lit dur
Où tu m'éveillais de mon rêve,
A l'heure où le soleil se lève
Sur les coteaux vêtus d'azur;
Où d'un sommeil solide et pur,
Le soir, tu me rendais la trêve.

J'eus tort!... Réglée à ton compas,
Ici ma vie eût été bonne,
Calme sans être monotone,
Avec du bien à chaque pas,
Des bonheurs qu'on n'achète pas,
Mais que l'ombre quelquefois donne...

Regrets amers et superflus!
Si l'homme, à certains jours, remonte
Jusqu'en haut tes lourds poids de fonte,
Le Temps jamais n'a de reflux :
Et les minutes ne sont plus
Dès que ton balancier les compte...

Sonne donc, sonne sans éclats,
— Et, si tu peux à voix plus lente, —
Sonne, pendule vigilante,
Les heures que tu dois, hélas!
Verser encor sur mon front las
En attendant l'heure dolente,

Celle dont le sourd tintement
Au cerveau n'arrive qu'à peine,
Comme une musique lointaine,
— Tandis qu'on se sent brusquement
Sombrer dans l'épouvantement
De la grande Nuit incertaine.

LE BOUGE *

A Pierre Vaysse.

LE *Bouge!* C'est le nom de l'antre obscur et frais
Où jamais le soleil ne hasarde ses rais,
L'arceau dont le moulin se troue,
L'endroit mystérieux où dorment les secrets
Du mouvement blotti sous l'aile de la roue.

C'est le porche tout noir où tantôt, en hurlant,
L'eau bouillonne, étincelle et bondit, affolant
La palette en bois qu'elle effleure;
Où tantôt, lorsque dort le petit moulin blanc,
La naïade captive en gouttelettes pleure;

* En dialecte d'oc on nomme ainsi l'endroit où sont les roues motrices des moulins et des scieries.

Un endroit formidable et propice aux effrois,
Nourrissant des crapauds pustuleux, noirs et froids,
D'horribles anguilles rampantes,
Peut-être des serpents dans les trous des parois,
Sous d'affreux végétaux aux feuilles retombantes.

* * *

Les petits écoliers, pour pêcher des goujons,
S'aventurent parfois, en écartant les joncs,
Jusqu'en la caverne abhorrée;
Mais aux moindres rumeurs suspectes, aux plongeons
Des grenouilles trouant de cercles l'eau moirée,

Ils courent éperdus vers le jour radieux,
Tremblant que le meunier malin, comme des cieux,
Ne fasse crouler sur leurs têtes
Les torrents d'eau de son étang tumultueux,
Qui vous poursuivent en grondant comme des bêtes.

Aussi quelle terreur pour tous! — hormis pour moi,
Familier de ce lieu sombre et qui, sans émoi,
Pendant le sommeil de la meule,
Y restais longuement et m'y tenais bien coi,
Malgré les cris et les appels de mon aïeule.

Je flattais de la main, de l'œil et de la voix
La grande roue, — ainsi qu'à l'étable parfois
Mon père faisait de la Grise,
Notre jument, — prêtant une âme à ce vieux bois
Que j'avais vu virer comme feuille à la brise.

D'autres scènes, d'ailleurs, sollicitaient mes yeux :
Un gros rat s'en venait boire, silencieux;
Une monstrueuse araignée,
Dont j'avais en entrant brisé le fil soyeux,
Réparait le désastre à la hâte, — indignée.

Et l'eau, que l'on sentait captive en sa prison
De pierre et de ciment, pesait sur la cloison
Et giclait des minces fissures,
Avec un cliquetis pur comme la chanson
De l'ondée en avril sur les jeunes verdures.

Ombre, fraîcheur, silence et repos, à côté
De l'abîme dormant, par un mur arrêté
Et par un frêle bout de planche...
— Telle la vie, et tel le malheur irrité
Qui sur l'homme soudain peut fondre en avalanche!

LE GALETAS

Bien plus mystérieux encor le galetas,
Le vaste galetas, là-haut, sous les toitures,
Avec ses grains, ses bois, ses vieux outils en tas,
Son jour vague filtrant d'étroites ouvertures,
Ses coins où l'araignée a d'amples filatures ;

Le galetas sous ses entrelacs de chevrons,
Où la chauve-souris se trouve aussi chez elle,
Où chevauchent les rats, comme des escadrons
En déroute devant la terrible prunelle
De la chatte qui, dans la nuit, fait sentinelle.

Enfant, il m'attirait et m'effrayait un peu
Par son silence et par son bric-à-brac étrange,
Et par l'impression qu'en entrant dans ce lieu
On entend se sauver quelque esprit qu'on dérange,
Dans un bruit d'aile ou dans un glissement de frange...

Et puis, les nuits d'hiver, quels terribles sabbats
Y font le vent d'autan ou la bise en rafales,
S'efforçant de jeter l'humble toiture à bas,
Et les grêlons rebondissant comme des balles,
Et les chats miaulant leurs amours infernales!

*
* *

Et c'est pourtant en ce retrait farouche et noir
Qu'au jeu de cache-cache, un soir, après l'école,
Doucement, tendrement, j'effleurai sans les voir
Ta joue en fleur et ton oreille de corolle,
Pauvre enfant sur qui pousse aujourd'hui l'herbe folle.

Chaste baiser dont rien n'égale la douceur
Dans tout ce que la vie offre d'autres caresses!
Baiser que l'on pourrait donner presque à sa sœur,
Et qui contient pourtant d'ineffables ivresses
Et l'absolu rachat des futures détresses!...

Je suis allé revoir le cher et triste lieu
Où tu me l'as — non pas donné — mais laissé prendre,
Ce baiser, humble amie à présent avec Dieu;
Ton ombre revient-elle ici parfois m'attendre?
Où donc te sera-t-il permis de me le rendre?

PORTRAITS DE FAMILLE

Comme elle était remplie alors et bourdonnante,
Notre chère maison! — Des aïeuls encor verts,
Un parrain gai conteur, charme de nos hivers,
Notre père si vif à la voix claironnante,
Notre mère si douce, et dont, après seize ans,
Je sens encor sur moi les regards caressants;
Nous quatre — deux garçons et deux filles — espiègles
Lâchés dans la forêt, dans les prés, dans les seigles,
Joueurs et dénicheurs et pêcheurs enragés
Et que longtemps après rien n'avait corrigés...
De plus un grand valet de labour, la servante,
Le vacher, — sans compter plus d'un oisif malin
Qu'attirait la scierie en branle ou le moulin;
Oh! que notre maison était pleine et vivante!

I

Je ne me souviens plus beaucoup de notre aïeul,
Homme étrange, tantôt facétieux, bizarre,
Capable d'égayer un mort dans son linceul;
Et d'autres fois de rire et de discours avare,
— Un peu sorcier, un peu prophète, et parlant seul...
J'avais six ans quand il mourut, et rien ne reste
En moi de son esprit ni de sa mine agreste.

II

Mère-grand, qui lui survécut quinze ou seize ans,
Mais ne revint jamais s'asseoir à notre table,
M'apprenait des chansons et des contes plaisants.
Le soir, dans sa chambrette, au-dessus de l'étable
D'où montaient des rumeurs et des souffles puissants.
Elle se souvenait du Roi, de Robespierre,
De la Peur, — temps affreux où seigneurs et curés
Étaient traqués ainsi que loups par les fourrés,

Tandis que les châteaux s'écroulaient pierre à pierre,
Ou flambaient, éclairant les bois et la bruyère,
Sous la torche ou le soc des gueux exaspérés...
— Puis c'était Bonaparte et des guerres! des guerres!...
Tous les hommes partis pour Vienne ou pour Moscou,
Sauf les infirmes et les vieillards — et les mères!
Les mères à qui l'on annonçait tout à coup
Que leur fils était mort dans un jour de victoire,
Et qu'il fallait encor reprendre dans l'armoire
Le grand voile de crêpe et l'ample mante noire...
Ah! certes, ce n'est pas ta faute, Grand'maman,
Si je n'écris poème épique ni roman!

III

Voici l'oncle Joseph, le Gaulois, le poète,
L'étourdissant conteur, le vieux garçon joyeux,
Une âme d'inventeur, un gosier d'alouette,
Et tout le ciel et tout le rire dans ses yeux!
Ah! comme il nous aimait! et comme l'allégresse
Au seul son de sa voix entrait à la maison!
Comme on escaladait, pour avoir sa caresse,
Son genou qui toujours rythmait quelque chanson!

Quels récits, quels exploits de pêches et de chasses,
A nous tenir béants des heures! Sans compter
Que son gousset tout large ouvert faisait tinter
Toujours de beaux sous neufs sous nos ongles rapaces,
Et sa montre, machine énorme où bien souvent
Je crus voir la prison d'un animal vivant...
— Ah! que sont devenus cette verve et ce rire?
Et ce que tu contais que ne sais-je l'écrire!

IV

Notre père, aussi gai que lui d'abord, comprit
De bonne heure que c'est un luxe que l'esprit,
Les farces, les bons mots, les chansons éternelles.
Il prit la hache et, dans les forêts maternelles,
— Si grêle et si petit pourtant, mais plus têtu
Que le pic rouge et vert dont le grand bec pointu
Marquait les hêtres mûrs que l'on pouvait abattre, —
Il travailla pendant quarante ans pour nous quatre,
Et des éclats de bois dur volant dans les houx
Fit autant de morceaux de pain tendre pour nous...
Et quelle activité nerveuse et trépidante,
Dès avant l'aube, avec des rages contre ceux

Que retient le sommeil dans ses bras paresseux!
Il allait, la voix forte, impérieuse, ardente,
Distribuant à tous leur tâche au bois, aux prés,
Faisant sonner le sol de ses sabots ferrés,
Et par les vieux chemins monologuant sans trêve
Et tout haut, comme pour faire sa part au rêve...
Et je dus à ce grand labeur, moi, songe-creux,
Les livres dont je fus de bonne heure amoureux;
Je pris à ses forêts, avec un peu de sève,
Les frais gazouillements des sources et des nids
Et le rythme des vents dans les chênes jaunis,
Un peu semblable au bruit des vagues sur la grève...
Sois à jamais béni, mon père! Je te dois
D'avoir appris à lire et de chérir nos bois.

V

Je t'aperçois aussi dans la maison muette,
Toi qui, plus que les bois encor, me fis poète,
O ma Mère! et je sens mes regards se mouiller,
Et je voudrais en te nommant m'agenouiller;
Car je ne t'ai jamais assez aimée, ô sainte!
Je n'ai jamais assez compris, assez payé

De tendresse et de soins ton cœur crucifié.
Et je n'étais pas là lorsque tu t'es éteinte;
Je n'ai pu recueillir ni ton suprême vœu,
Ni ton dernier regard avant d'aller à Dieu.
Que dis-je? Je n'ai pas même une pauvre image
A mettre sur le mur où mon regard souvent
Te cherche en vain entre mon père et mon enfant.
Mais en moi, tout au fond de moi, toujours surnage
Ta face auguste où l'âme était visible aux yeux,
Comme en la source claire une lueur des cieux.
Et je te vois partout, vive comme l'abeille,
Reine à la basse-cour le matin et le soir,
Et meunière au moulin, et laveuse au lavoir,
Et fileuse au foyer durant la longue veille,
Et le Dimanche, heureuse, en extase, à genoux
Dans la petite église où tu priais pour nous...
O mère à qui revient le meilleur de moi-même,
Veille sur moi toujours et sur tous ceux que j'aime!

VI

Et toi, qui de la race avais tout hérité,
Sauf le rêve, esprit fait de joie et de clarté,

Frère qui maniais la charrue et la hache,
Ainsi que de tout temps avaient fait nos aïeux,
Continuant au même endroit la même tâche,
Et, plus expert, faisant plus vite et faisant mieux;
T'élevant d'un degré par le sens et le verbe,
Conduisant ton village à des destins nouveaux,
Puis tombant tout à coup sous l'invisible faux
Qui couche les plus forts avant l'heure dans l'herbe,
Et met le moissonneur en croix sur une gerbe...
Elle est pleine de toi notre vieille maison;
J'y retrouve partout ton rire et ta chanson
Et ta parole vive et ta main diligente;
— Et même, dans un coin de la chambre indigente
Où nous avions vécu, les cœurs à l'unisson,
Tant de jours radieux d'une enfance bénie,
Et d'où tu m'appelas en vain dans l'agonie, —
Il me semble revoir ton profil dessiné
Par la lueur du cierge au mur badigeonné,
Ton fin profil, rigide et cependant fragile,
Tel qu'une heure la Mort le taille en notre argile
Avant que le linceul dérobe sous ses plis
Nos pauvres yeux éteints et nos traits abolis.

VII

Quoi! ce n'était donc pas assez dans ma demeure
De ces pâles portraits de mes défunts aimés?
Et fallait-il encor, sur ces murs enfumés,
Placer le tien, petite sœur, en hâte, à l'heure
Où ce livre de vers que je comptais t'offrir
Allait avec nos bois s'animer et fleurir,
Pleurer et sangloter et, dans toutes ses pages,
Évoquer pour nous deux tant de chères images!...
O ma douce martyre! Après quinze ans de croix,
De tourments sans répit, quelquefois sans mesure,
Quand l'air tiédit encor sur nos plateaux si froids,
Que le seigle verdit, que l'horizon s'azure,
Que tout renait, que tout va d'un élan joyeux
Lancer l'*Alleluia* pascal jusques aux cieux,
Tu livres au tombeau, — sillon d'où monte l'âme
Vers Dieu qui nous la donne un temps, puis la réclame. —
Ton pauvre corps usé par l'humaine douleur
Et qui ne peut plus rien que nourrir quelque fleur...

Et cependant, là-bas, dans son humble vallée.
La maison paternelle un peu plus désolée

Sent encor s'épaissir son silence et son deuil,
La cendre à son foyer et la mousse à son seuil.
Et moi qui t'y berçai jadis, quand dans tes langes
Tu gazouillais — mignonne — et souriais aux anges;
Moi qui, malgré la vie amère et ses exils,
Et tant d'hivers nous éloignant des clairs avrils
Où notre toit chantait comme un nid de mésanges,
Nourrissais l'espérance invincible qu'un soir
Près de l'âtre désert nous irions nous asseoir,
Et, dans le souvenir de ceux qui nous aimèrent,
Rallumant le foyer que leurs mains allumèrent,
Petits vieux grelottants, attristés — mais unis —
Nous vivrions près d'eux consolés et bénis,
J'y retournerai seul désormais, pour une heure,
— Aux jours las et voilés de l'arrière-saison,
Furtif, quand le soleil décline à l'horizon,
Que la feuille jaunit au bois où l'autan pleure, —
Pleurer ma maisonnée, hélas! et ma maison!

II

Autour de la Maison

MON AUTRE MAISON

A l'Abbé Hector Reynaud.

Une ferme isolée au rebord d'un plateau,
Par-dessus des bouquets de chênes et de hêtres,
Des prés en tablier et des blés pour manteau,
Un grand ennui baignant les choses et les êtres :
C'est la maison d'une moitié de mes ancêtres.

Ce fut aussi la mienne, avant d'être écolier,
Pendant bien des saisons de douces flâneries
A travers le logis antique et familier,
La cour, la grange et les profondes écuries,
Le fournil et le clos, les bois et les prairies.

Ô jours clairs et fleuris de la prime saison,
Où tout m'enveloppait d'une chaude caresse,
Où ma mère, sachant qu'en sa vieille maison
Ses jeunes sœurs pour moi lutteraient de tendresse,
M'y laissait vivre dans l'air pur et l'allégresse!

Ai-je assez longuement musé sous les buissons
Qui font aux chemins creux d'odorantes ogives!
Assez guetté d'oiseaux, écouté de chansons,
Et le bourdonnement des avettes actives,
Et le clair gazouillis des ruisselets d'eaux vives!

Ai-je assez taquiné le gros chien complaisant
Qui, brusque, me léchait les mains et le visage!
Ai-je assez fait jurer le vieux coq reluisant
Qui m'envoyait souvent au diable en son langage,
Et gonfler l'orgueilleux dindon au noir plumage!

Et caressé de mes doigts peureux les fanons
Des grands bœufs sous le joug baissant leurs têtes mornes
Qui me suivaient des yeux quand je disais leurs noms,
Et, pour être grattés sur le cou, près des cornes,
Couraient à mon appel du fond des prés sans bornes!...

*
* *

Mais l'hiver, la vieille maison
Fermant son lourd portail de chêne
Aux loups qui rôdaient par la plaine,
Devenait trois mois ma prison.

Le front contre les vitres closes,
Je regardais, silencieux,
Les flocons blancs tomber des cieux
Et couvrir les grands bois moroses.

Les oncles braconnaient au loin
Et revenaient, barbes givrées,
Chargés de bêtes massacrées
Qu'ils me dénommaient avec soin;

Puis vers la flamme, pêle-mêle,
Chasseurs et chiens, fourbus, fumants,
Se séchaient poils et vêtements,
Le museau près de la semelle.

*
* *

De loin en loin, des incidents :
Un soir, à l'heure où l'on se couche,
Arrivait un homme farouche
A qui les chiens montraient les dents.

C'était l'égorgeur! A l'aurore
Il saignerait les deux porcs gras,
— Tandis qu'enfoui dans mes draps,
Malgré moi j'entendrais encore...

Un autre jour le bon curé
S'en venait bénir nos récoltes,
Notre rucher plein de révoltes,
Et goûter notre miel doré,

Confesser mère-grand, très fière,
Me glisser deux sous dans la main,
Et reprendre le vieux chemin,
En lisant tout haut son bréviaire...

Et puis les départs émouvants,
Les marchés vidant nos étables,
Aux cris des mères lamentables
Pleurant longuement leurs enfants;

Et les retours, avec des bêtes
Nouvelles, qui longtemps aussi
Beuglaient par les prés leur souci,
Leurs mufles tendus aux tempêtes!...

* * *

Ensuite la veillée et les contes sans fin
Du vieux pâtre tressant en son coin des corbeilles,
Et nous disant celui qui fut berger d'abeilles,
Ou celui qui gardait les lièvres dans le thym
Rien qu'avec un sifflet taillé dans une branche...
Ou comme quoi le Drac se fit cavale blanche
Pour emporter au bal quatre filles un soir,
Et, — lorsque sur son dos il les eût fait asseoir,
En traversant le gué grossi par un orage,
S'allongea, s'amincit comme elles au corsage,
Et puis comme une guêpe, et puis soudain en deux

Se rompit, les jetant dans le torrent bourbeux,
Tandis que leurs galants se morfondaient en plaine,
Et ne voyaient venir vers eux
Qu'un énorme bélier cornu, tout noir de laine,
Qu'ils portaient sur le cou, plus lourd à chaque pas,
De pierre, puis de plomb, qu'à la fin hors d'haleine,
Ils jetaient en courant et criant : « Satanas! »
Sans seulement oser regarder en arrière...

* * *

Alors on faisait la prière,
— Dos et talons au feu, l'œil perdu dans le noir, —
Avec défense de dormir ou de s'asseoir.
Ah! mes bonnes et chères tantes,
J'entends encor vos voix pieuses et chantantes
Sur les *Pater* et les *Ave* sans fin courir,
S'élever et planer, et décroître et mourir,
Comme un vent chaud sur les épis qu'il vient mûrir...
Quels doux songes ensuite en l'étroite couchette
Où vos bras me portaient, à peu près endormi,
Près de votre grand lit ami!
Les anges et les saints y venaient en cachette,

Et doucement, jusqu'au matin
M'y souriaient, parlant patois, chantant latin,
M'emmenant à travers une vaste prairie
En fleurs où nous paissions les agneaux de Marie!...

* *

Chère maison! Après celle où je vins au jour,
Aucune autre à ce point n'eut jamais mon amour!
Aucune autre n'évoque, en mon pèlerinage
Au pays natal, plus de bonheurs envolés,
De ces bonheurs d'enfants dont le charme surnage
Comme des rameaux verts sur des flots non troublés!
C'est pourquoi je voudrais qu'en un coin de ce livre
Au foyer paternel humblement dédié,
Une page après moi quelques jours te fît vivre,
Toi, maison de ma mère, où je fus tant choyé!

SCIERIE

A Paul Rixen.

Elle monte et descend et remonte, et sans trêve
Redescend sur le bois et rebondit dans l'air,
Avec un grincement joyeux, un rire clair,
Et la sciure blonde au vent, moite de sève,
L'eau qui fuit en grondant et le meunier qui rêve...

Les arbres des coteaux y roulent par tronçons,
Revêtus de lichens, de mousse verte ou blanche,
De nœuds saignants d'où la hache amputa la branche
Qui sous le vent d'avril avait de longs frissons,
Et berçait dans les cieux les nids et les chansons.

Ils approchent : la scie en cadence se dresse,
Égratigne leurs flancs avec un bruit moqueur,
Lève une tranche, une autre, enfonce jusqu'au cœur
Ses crocs aigus et recourbés en dents d'ogresse,
Et le tronc disparaît dans un air d'allégresse.

Un autre suit... un autre... Elle dévorerait
La plus noble futaie et ne serait point lasse;
Une lame émoussée, une autre la remplace,
Car la lime ou la meule, en un éclair, d'un trait
L'aiguisent... et malheur à la vieille forêt!...

Et pourtant c'est la joie au creux de nos vallées,
C'est le labeur humain au fond des bois perdus,
Que l'agreste machine aux gestes éperdus
Qui pousse sur les fûts ses lames dentelées;
C'est la sœur du moulin et leurs voix sont mêlées.

C'est l'écluse où l'eau dort comme un profond miroir
Que troue un saut de truite en chasse de phalènes;
C'est la chute écumante aux grandes cantilènes
Qui fait bondir la roue agile et tout mouvoir,
Et sur qui l'arc-en-ciel vient se poser le soir.

La scie et le moulin, — dents d'acier, dents de pierre, —
Sous la même poussée, en un double refrain,
Côte à côte fendant l'arbre et broyant le grain,
N'est-ce donc pas la vie agreste tout entière :
Du pain, une chanson, et du bois pour la bière ?

MOULINS ET BERCEAUX

Le Moulin en bas, en haut le Berceau,
Et tic-tac partout, et farine blonde,
Berceuses sans fin et chansons de l'onde,
Sur le berceau blanc, sous la meule ronde,
Par la mère et par le ruisseau...

A l'aube, tous deux s'éveillent et jasent,
Moulin et berceau; tous deux ont grand faim :
Le poupon goulu réclame le sein;
Les meules, avec le bruit d'un essaim,
Le seigle roux qu'elles écrasent.

Alerte, meunière ! A ton nourrisson
Donne ton lait pur et mainte caresse ;
Puis cours à la meule, et verse à l'ogresse
Qui dans son cachot bondit, en détresse,
Le blond trésor de la moisson...

Remonte là-haut voir le poupon rose
Qui suce son pouce et rit, sans savoir,
Parce qu'un rayon doré vient le voir
Au fond de son nid, et qu'il veut l'avoir
Captif en sa menotte close.

Puis retourne encore au moulin... Tu dois
Vider le bluttoir, emplir la trémie.
Ta progéniture, une heure endormie,
Va te rappeler... Meunière ma mie,
Fais aller tes pieds et tes doigts...

Enfin le soleil remonte la côte,
Comme le bouvier au pas lent des bœufs ;
Moulin et berceau s'apaisent tous deux ;
Et le ruisseau fuit sous les bois douteux,
Comme un serpent dans l'herbe haute.

Dors aussi, nourrice aux traits amaigris,
Meunière aux jarrets rompus de fatigue.
Pendant ton sommeil la source prodigue
Remplira l'étang jusqu'à fleur de digue
Et ta poitrine aux seins meurtris,

Afin que demain tu verses encore
Le lait au petit, la farine au grand ;
Car au point du jour le tic-tac reprend :
Moulin et Berceau, berceuse et torrent
Chantent et peinent dès l'aurore.

LES LOUVETIERS *

A Louis Leloir.

SAINTE VIERGE! Les louvetiers!
Je les ai vus dans les sentiers
Que bordent les grands noisetiers;
Menant leurs bêtes à la corde,
Ils guettaient de regards méchants
L'heure où nos hommes sont aux champs. .
Ils vont venir, miséricorde!

* En dialecte d'oc, *meneurs de loups*.

« Ils conduisent deux maigres loups
Aussi hérissés que des houx...
Si j'allais pousser les verrous ?...
Trop tard : ils ont ouvert la porte...
« Tracasse et Ravageuse, allons,
« Asseyez-vous sur vos talons,
« Au seuil, afin que nul ne sorte;

« Et chantez un peu, beaux oiseaux! »
Lors, dressant leurs poils sur les os
Et tendant leurs maigres museaux
Vers la femme qui s'épouvante,
Ils poussent de rauques abois
Tels que ceux qui sortent des bois
En hiver, la nuit, quand il vente.

« Bourgeoise, il faudra nous donner
Vin et jambon à déjeuner,
Et de rien ne vous étonner,
Car nous sommes, nous et nos bêtes,
Quoiqu'on dise, de braves gens;
Les Louvetiers sont indigents,
Mais je les garantis honnêtes.

« — Braves gens, je n'ai plus de vin
Et mon jambon touche à sa fin ;
Mon pain est dur... — Nous avons faim,
Et nos bêtes aussi !... Tracasse,
Va prendre dans la basse-cour
Le gros coq perché sur le four ;
Nous voulons qu'on nous le fricasse !

« — Mon vieux coq ?... De grâce, buvez,
Mangez ! — Bourgeoise, vous avez
De beaux moutons, qu'on a trouvés
Paissant le serpolet, en plaine ;
Donnez-nous donc quelques toisons
Pour en habiller nos garçons...
— Braves gens, j'ai vendu ma laine.

« — Ravageuse, cours au troupeau ;
Choisis le bélier le plus beau,
Arrache la laine et la peau,
Mords, éventre, disperse, pille !...
— Pour Dieu ! ne vous emportez pas !
J'ai de la laine... pour mes bas...
Prenez... — La Bourgeoise est gentille...

« — Oui ; ses yeux sont couleur de jour...
— Sa taille est ferme et faite au tour...
— Après boire, il faut de l'amour :
Ça, la Bourgeoise, une caresse !
« — Une caresse ? à vous ? Plutôt
Me planter au cœur ce couteau !... »
Ravageuse entend et se dresse.

« La Bourgeoise fait des façons,
Ravageuse ; mais ses garçons,
Qui gardaient là-bas les oisons
Ont la peau rose et la chair tendre :
Va déjeuner, ma vieille, cours !
— Mes fils ! au secours ! au secours !...
Si nos hommes pouvaient m'entendre !... »

Les hommes n'ont pas entendu.
Baiser donné, baiser rendu,
Les Louvetiers ayant leur dû
Se disposent à la retraite.
« Bourgeoise, sans rancune, au moins !
Ces murs sont de discrets témoins ;
A votre tour soyez discrète.

« Nos loups ont l'ouïe et le flair;
Le moindre mot traversant l'air,
Ils le saisissent vite et clair...
Si donc vous tenez à vos granges,
A vos bergers, à vos troupeaux,
A vos garçons joufflus et beaux
Comme les pommes et les anges,

« Ne dites pas qu'ils sont venus
Des bois noirs ou des monts chenus
Les Louvetiers qui vont pieds nus
Sur les routes, portant besace.
Nous dénoncer n'est pas prudent :
Tout propos vaut un coup de dent
De Ravageuse ou de Tracasse... »

Les Louvetiers s'en sont allés,
Par les genêts et par les blés,
Traînant leurs maigres loups pelés,
Évitant bourgade et village.
La fermière pleure tout bas
Son vin, la laine de ses bas
Et sa lèvre mise au pillage.

Dieu vous garde des Louvetiers!
Quand vous verrez, dans les sentiers
Qu'ombragent les grands noisetiers,
— Menant leurs bêtes à la corde —
Ces sorciers aux regards méchants,
Si tous vos hommes sont aux champs,
Criez au ciel : Miséricorde!

FILEUSE

A Henry Vernhes.

Bien rare de nos jours — et même un peu raillée —
La fileuse à la quenouillée
Que nous avons connue, enfants, à la veillée;

La fileuse rustique et filant par métier,
Sur un rameau de noisetier
Qui peut-être berça des nids près du sentier,

Et sur son fuseau vif ronflant comme une mouche,
Le chanvre ou le lin que sa bouche
Salivait et mordait d'un grand baiser farouche...

Nous l'aimions tant, notre fileuse, et ses chansons,
Soit en avril sous les buissons,
Soit en hiver quand tous dormaient, près des tisons!

Oh! surtout en hiver!... Que de belles histoires,
Roses parfois, souvent très noires,
Et qui de folles fleurs fleurissaient nos mémoires!

« Fileuse, un conte! un autre! un autre encor! toujours! »
Le sommeil au pas de velours
Effleurait cependant nos cils de baisers lourds;

Mais elle, la fileuse, allait, allait sans trêve,
Comme une fileuse de rêve,
Seule à trouver que la journée était trop brève...

* * *

« Pourquoi donc files-tu si tard? » lui dis-je un soir.
Alors, en me faisant asseoir
A ses pieds : « Curieux, qui voudrait tout savoir! »

Puis, après un silence et d'une voix étrange :
« Il faut de la toile, pauvre ange,
Beaucoup de toile dans la vie — et dès le lange!

« Je dois filer pour toi que ta mère veut beau,
Le dimanche, comme un flambeau,
Et pour le pâtre dont la bise mord la peau ;

« Je dois filer pour la nappe et pour la chemise,
Et pour la rude toile grise
Qui fait au grand vaisseau des ailes dans la brise ;

« Je dois filer pour le berceau doux et tremblant,
Pour le lit de noce tout blanc,
Pour le cercueil où chacun va, rapide ou lent,

« Et pour les revenants qui, hors des Purgatoires,
En longs linceuls, par les nuits noires,
Viennent se rappeler à nos faibles mémoires... »

Et de mon lit, — la peur faisant fuir le sommeil, —
Sombre sur le foyer vermeil
Je la voyais filant d'un mouvement pareil

Longtemps... toujours... Et puis je la voyais encore,
Dans mes songes, jusqu'à l'aurore,
Tordre et rouler son fil sur le fuseau sonore.

PLIEUSE

VIEILLE fille sans avoir,
Elle manie au lavoir
Tout le jour son lourd battoir,
Et chante même, oublieuse
De son métier de la nuit;
Mais, dès que le soleil fuit,
La lavandière est plieuse;

Plieuse du linge blanc
Qu'elle rapporte en tremblant,
Sur la tête ou sur le flanc,
De la lointaine rivière?
Non, mais plieuse des morts,
Dont il faut coudre le corps
Dans la chemise dernière...

L'Angélus tinte au clocher :
Les vivants sont se coucher;
Le mort qu'on n'ose toucher,
Dans sa rigide posture
Attend une douce main
Qui lui mette pour demain
Son habit de sépulture.

La Plieuse sort sans bruit,
Et, sous la lune qui luit,
Seule son ombre la suit...
Un chien vaguement aboie...
Elle monte chez le Mort
Que déjà travaille et mord
Le vers éclos de sa proie.

Puis, sous le pâle reflet
Qui traverse le volet
Et qui fait un peu moins laid
Le pauvre cadavre blême,
La Plieuse, sans dégoût,
Lave, arrange, drape, coud
Son habit, pour tous le même...

*
* *

« Plieuse, va doucement!
Que j'aie encore un moment
Mon blondin au front charmant...
Voilà de la toile fine;
Fais-lui son nid bien douillet,
Afin que s'il s'éveillait
Il se crût sur ma poitrine. »

« Plieuse, c'est mon amant
Dont tu couds le vêtement;
Mets-y pour tout ornement
La marguerite flétrie
Qu'à mon corsage il piqua
Le premier soir qu'il risqua
Son aveu dans la prairie... »

« Plieuse, c'est mon époux!
Il fut fort, vaillant et doux,
Mais une mauvaise toux
L'a ployé comme une gerbe.
Mettons-lui des habits lourds
De la laine et du velours :
Il doit faire froid sous l'herbe!... »

« Plieuse, c'est mon orgueil
Que tu couches au cercueil;
Et je mourrais de mon deuil
Si celle qui m'est ravie
En me léguant quatre enfants
Ne m'eût dit : « Je te défends
De leur dérober ta vie! »

« Mais avant de recouvrir
Ce front où j'ai vu fleurir
Tant d'espérance et mourir
La gaieté de ma demeure,
Laisse mes quatre blondins,
En baisant ces yeux éteints,
Apprendre qu'il faut qu'on meure... »

Plieuse, aux vieux vagabonds
Que tes soins aussi soient bons!
Ils couchèrent sous les ponts,
Ou même à la belle étoile :
Que leurs pauvres corps rouillés
Une fois soient habillés
D'une chemise de toile!

Et si je ferme les yeux
Dans le lit de mes aïeux,
Viens à pas silencieux,
Plieuse, ma vieille amie,
Qui m'as quelquefois bercé,
Mettre sur mon front glacé
Et ma paupière endormie

Le drap blanc, si doux à voir,
Que tes bras nus, au lavoir,
Ont battu d'un lourd battoir,
Dans l'eau vive et la lumière,
Puis, par un joyeux matin,
Séché sur les fleurs de thym,
De genêt et de bruyère. »

COMPLAINTE POUR ANGÉLIQUE

A Henri Bousquet.

MORTE enfin, la pauvre Angélique !
Morte, la voiturière épique
Dont, au Ségala, les chemins
Connaissaient tous les coiffes blanches ;
Morte ! et des pleurs tremblent aux branches
Des buissons qui piquaient ses mains.

Le gros châtaignier, sur la route,
Songe, et probablement écoute
S'il n'entend ni fouet ni grelots,
Ni vif juron dans l'air sonore
Où l'alouette hésite encore
A saluer le jour éclos ;

Et dans les fermes isolées,
Des paysannes affublées
De leurs beaux atours, près du feu,
S'étonnent que la voix connue
N'appelle point de l'avenue,
Car c'est la foire du chef-lieu...

Mais non, la forte voix s'est tue;
La robuste fille, abattue
Comme un arbre sec sous l'antan,
A quatre-vingt-trois ans dételle,
Et sa rustique clientèle
Bien en vain désormais l'attend.

Plus jamais sur la route grise,
Par le froid, la neige ou la bise,
Son char-fantôme au lent roulis
Ne passera dans les vacarmes
Des troupeaux, des chiens en alarmes
Et des bouviers quittant leurs lits.

Plus jamais écoliers espiègles,
Quand les épis poussent aux seigles,
Que Pâques sonne ses congés;

Plus jamais soldats qu'on libère,
Ou conscrits qui pleurent leur mère,
N'y seront à l'étroit rangés ;

Et plus jamais, dans l'ombre douce,
Lorsque les sources sur la mousse
Font tinter leurs colliers joyeux,
Des couples allant faire emplette
De la nuptiale toilette,
N'y passeront rêvant des cieux.

A moins que Dieu, doux aux manies
Des simples plus que des génies,
— Dieu qui livre son ciel changeant
Aux anciens pâtres, à l'automne,
Pour qu'à leurs yeux toujours moutonne
Quelque vaste troupeau d'argent, —

Ne donne à l'âme d'Angélique
Quelque charroi mélancolique,
A travers châtaigniers et houx,
Au trot d'une jument de rêve,
Lorsque le vent d'autan se lève
Et fait au bois hurler les loups !...

En attendant, la mort l'a prise,
Non sous la haute bâche grise
D'où souvent elle avait roulé,
Non sous la roue et dans l'ornière
Où mainte rude poulinière
Avait meurtri son front hâlé;

Non, la mort s'est faite câline
Pour elle. Au bas de la colline
Angélique avait un jardin,
Dont le ruisseau fait la ceinture,
Une poutrelle la clôture,
Avec pont-levis de rondin.

Or, par cette tiède soirée,
L'eau grise où la feuille dorée
Tombait comme un oiseau blessé
Disait, par ses petites vagues,
Des choses très douces, très vagues :
Le pied d'Angélique a glissé...

Elle dort sous l'herbe flétrie ;
Et la cloche pour elle prie
Dans le petit clos d'où s'entend

Le bruit des chars qui sur la route
Passent en joyeuse déroute,
Grelots en fête et fouet battant...

Repose en paix, grande lutteuse,
Ame aimante et bouche grondeuse,
Ronce portant des fleurs de miel;
Le chœur de nos tantes rustiques
A dû chanter ses beaux cantiques
Pour te faire accueil dans le ciel!

LE TUEUR DE LOUPS

A Louis Oury.

MORT aussi le tueur de loups,
Le vieux braconnier solitaire,
— Pataud — qui n'aima de la terre
Que les bois hérissés de houx,
Le grand vent dans les arbres fous,
L'affût, la nuit et le mystère...

On dit qu'à force de marcher
Dans l'ombre épaisse des futaies,
Comme les ducs et les effraies,
A minuit il eût, sans broncher
Ni se piquer, pu dénicher
Des roitelets aux creux des haies!

Vieux garçon boiteux, déjeté,
Sec et rugueux comme une souche,
Silencieux, un peu farouche
Et d'indépendance entêté,
En plein hiver, en plein été,
Il se levait quand on se couche.

Sentiers sinistres, mauvais pas,
Carrefours où des croix branlantes
Voient passer des bêtes hurlantes
Qui vont, sans doute, à des sabbats,
En est-il un seul qu'il n'eût pas
Foulé de ses semelles lentes?

Où ne s'était-il pas terré,
Fauve guettant un autre fauve,
Avec des ronces pour alcôve,
Et dans l'herbe humide vautré,
Tandis qu'à l'horizon nacré
Montait la lune blanche et chauve?...

On dit les loups dans le canton,
Il faut qu'on nous en débarrasse!
Pataud déteste cette race.

Bien qu'il n'ait pas un seul mouton :
Il part courbé sur son bâton,
Fusil au dos, l'œil sur la trace;

Il marche, il rampe, il guette, il tend
Son oreille au bruit, au silence...
Une ombre devant lui s'élance :
Il vise et tire, — et l'on entend
La bête qui râle un instant;
Puis tout reprend sa somnolence.

Pataud, par le chemin pierreux,
Clopin-clopant dans la nuit noire,
En sifflant un air de victoire
Rentre, fourbu mais bien heureux :
Moins fier, sans doute, un ancien preux
Ayant travaillé pour l'histoire!

*
* *

Pourtant quatre-vingts ans passés
Avaient usé le rude athlète;
Borgne, il ajustait mal la bête,

Perclus, il roulait aux fossés;
Il se traînait, les reins cassés,
Vaincu qui geint et qui halète.

L'autre soir, d'un suprême effort,
Il alla jusqu'à la clairière,
Y fit peut-être une prière
Au grand bois que l'hiver endort,
Rentra, sentant venir la mort
Sous forme d'un loup — par derrière.

Il se coucha dans son taudis,
Les genoux aux dents, sur la paille,
Et mourut, face à la muraille...
Dites tous un *De Profundis*
Pour que sa pauvre âme s'en aille
Chasser sans fin au Paradis.

LE SONNEUR

Je suis le sonneur! Trente ans j'ai sonné,
Mes deux cloches d'or, *Jeannette* et *Marie* :
Je les sonne encor pour mon fils aîné...
Je suis le sonneur ! Mon fils se marie :
Jamais d'un tel cœur je n'aurai sonné.

Allons *Marion*, allons, *Jeanne*, alerte,
Et cabriolons, les battants en l'air!
L'église est fleurie et la forêt verte;
Lancez vos chansons au fond du ciel clair!
Allons, *Marion*, allons *Jeanne*, alerte!

Ma grosse *Marie*, à toi de chanter
Le superbe brun qui tiendra ma place...
A toi, *Jeanneton,* de la bien vanter
Celle dont le bras à son bras s'enlace;
Jeannette et *Marie,* à vous de chanter!

N'est-ce pas qu'il est droit comme nos hêtres?
Que ses poings sont durs comme vos battants?
Que parmi nos gars il n'a point de maîtres,
Et qu'on n'en fait plus de tels dès longtemps,
Dans notre pays d'hommes et de hêtres?

N'est-ce pas qu'Elle a de grands yeux couleur
De nos champs de lin, et que sur sa joue
Le rosier sauvage a mis une fleur
Fraîche comme celle où le vent se joue?
Qui donc a des yeux de cette couleur?

Marion, dis bien qu'Il a fait la guerre
A coups de fusil, à coups de canon,
Mais qu'il est très doux, qu'il aime la Terre,
Et veut des marmots qui portent son nom,
Et qui quelque jour aillent à la guerre.

Jeannette, raconte à nos alentours
Combien la mignonne est adroite et forte
Aux rudes travaux comme aux fins atours.
Et la riche dot que son cœur apporte
Au gars le meilleur de nos alentours.

Que souhaitons-nous, *Jeannette* et *Marie*,
Aux deux épousés? Un fils, dans dix mois,
Qui tête en goulu, qui piaille et qui crie
Et sur mes genoux chevauche à ma voix...
Faites-leur vos vœux, *Jeannette* et *Marie*.

« Que ton fils longtemps reste droit et beau!
Qu'il garde à la fois la grâce et la force!
Le pivert souvent troue un fin bouleau :
Qu'aucun ver jamais ne perce l'écorce
Du chêne qui doit couvrir ton tombeau!

— Que ta blonde bru soit mère vaillante!
Que de son bon cœur s'épanche un bon lait!
Et qu'en sa maison, de marmots grouillante,
Aucun deuil jamais ne ferme un volet!
Que ta blonde bru soit mère vaillante! »

C'est fort bien sonné, mes cloches, merci!...
Comme il faut pourtant, tôt ou tard, qu'on pleure,
Que sur chaque toit fleurisse un souci,
Sous peu de ma mort arrivera l'heure :
Vous me pleurerez, mes cloches, merci!

Vous serez aux mains de mon fils, j'espère,
Moi, dans le cercueil, raide, sourd, glacé;
Comme je sonnai jadis pour mon père,
Lorsque près de lui l'on m'aura placé,
Mon fils sonnera pour moi, je l'espère!

Mais trêve aux pensers de mort et de deuil!
La noce déjà sort du porche; alerte,
Jeanne et *Marion,* cloches mon orgueil!
Suivons les époux par la plaine verte
Et bénissons-les jusqu'à mon vieux seuil!

VEILLE DE NOEL

A ma Fille.

Tes jours naïfs sont révolus,
Mon enfant; la nuit de Matines,
Le bon vieux Noël ne vient plus
Mettre un jouet dans tes bottines.

C'était très doux, je le sais bien,
Et nul plus que moi ne déplore
Ce vain savoir qui n'apprend rien,
Et par qui le cœur se déflore.

Être savant, quel rêve fou!
Quelle désolante chimère!...
O vieilles images d'un sou,
Saintes légendes de ma mère!

Vision de l'étable où sur
Un peu de paille, entre deux bêtes,
Vagit, descendu de l'azur,
L'Enfant promis par les prophètes;

Hommages naïfs des bergers
A ce futur pasteur des âmes;
Rois se hâtant vers lui, chargés
D'or, de myrrhes et de cinnames;

Massacre horrible d'Innocents,
Fuite vers l'Égypte lointaine,
Sur le pauvre âne aux pas pesants,
— Avec la halte à la fontaine!...

Tu crus à tout cela jadis;
Tu crus, sur la foi des images,
Que ce soir, loin du Paradis
Où sont les bergers et les mages,

Jésus venait voir, dans leurs lits
Plus chauds et plus doux que sa crèche,
Les enfants purs comme les lys
Eclos au bord d'une onde fraîche,

Et qu'il chargeait un beau vieillard
A la grande barbe givrée,
Vêtu de neige et de brouillard,
Mais bonhomme sous sa livrée,

D'aller, la hotte sur le dos,
Sous les plus pauvres cheminées,
Et de déposer des cadeaux
Dans les sabots des maisonnées...

Tu n'y crois plus, hélas! pourquoi?
Si Noël ne vient plus lui-même,
Ta mère le remplace, ou moi,
Et c'est toujours quelqu'un qui t'aime.

O ma fille! garde en ton cœur,
A l'abri du savoir sceptique,
A l'abri du rire moqueur,
Une petite fleur mystique.

Trace autour d'elle un frais jardin
Où ne souffle aucun vent de doute;
Cela te vaudra le dédain
Des sots qui passent sur la route;

Mais quand la commune douleur
S'en viendra frapper à ta porte,
Tu respireras l'humble fleur,
Et ton âme en sera plus forte.

BAVARDAGES DANS LES BOIS

Pour mes Neveux.

DANS le bois qui bourgeonne, au fond de la prairie,
Les geais au plumage vermeil
S'ébouriffent sous le soleil
Et jasent; écoutons leurs propos, je vous prie!
L'un va disant : « Je me marie,
Je me marie! » Un autre, en aiguisant son bec,
— Un peu jaloux et d'un ton sec :
« D'où la prends-tu? D'où la prends-tu? De la Ramière,
Ou des Taillades du Gifou? »
Mais l'amoureux, gonflant le cou
Et dressant son bonnet à poil dans la lumière :
« De Lincou! Je la prends de Lincou! De Lincou! »

Et tous de rire : « Il est donc fou? tout à fait fou?
— Et tu la prends sans dot? — Lui d'une voix vibrante :
« On lui fait cinq cents francs, dont je touche la rente!
— Cinq cents francs! — Cinq cents francs! — Cinq cents
[francs!... » Par le bois
Ainsi s'en vont jasant, criant à pleine voix
Les geais que le printemps convie aux épousailles
Et dont un vieux berger m'a traduit les *gazailles**.

* Propos de *geais*, bavardages.

SOUS LES NOISETIERS

Au bord de l'étang bleu les beaux noisetiers blonds
De leurs rameaux souples et longs
Egratignent l'eau fraiche et claire,
Attroupant les menus fretins en argent vif,
Qu'une truite à l'œil de colère
Disperse d'un élan furtif.

Les noisetiers demain vêtiront leurs épaules,
Comme leurs doux frères les saules,
D'un feuillage tendre et soyeux;
Deux merles y viendront nicher, la libellule
Accrocher, dans son vol joyeux,
Le bout de son aile de tulle.

Mais nous, nous n'irons plus par les petits sentiers
Que surplombent les noisetiers,
O ma première et douce aimée,
Si lointaine et si douce encore après trente ans,
Fleur de mon enfance embaumée,
Pâquerette de mon printemps!

Nous n'irons plus par la prairie ensoleillée,
Dans l'herbe encor toute mouillée,
Vers ce nid par moi découvert
Et que tu voulais voir balancé dans les branches,
Sous un dais de feuillage vert
Etoilé d'églantines blanches.

Nous n'irons plus, parlant tout bas, pour approcher
Du nid sans en effaroucher
La chère couveuse craintive,
— Très émus, et nos mains s'effleurant quelquefois,
Tandis qu'en notre âme naïve
Nos quinze ans élevaient leur voix.

Et, pour hausser ton front jusques au doux mystère,
Mes bras te soulevant de terre,
Gerbe d'épis et de bluets,

Jamais, oh ! jamais plus ne renoueront l'étreinte
Qui nous fit pâles et muets,
O pure enfant, aujourd'hui sainte !...

Bourgeonnez et feuillez comme en ces jours bénis,
Noisetiers, abritez des nids
Au milieu de vos branches souples ;
Attirez, le dimanche, au bord des claires eaux
De beaux adolescents par couples
Amoureux d'azur et d'oiseaux !

Emplissez leurs cœurs neufs de chansons et d'ivresses ;
Sur leur épaule, en longues tresses
Jetez le chèvrefeuille à fleurs,
Pour enchaîner ici les fous qui vont, sans doute,
Vers l'oubli, l'exil et les pleurs,
Loin du nid demain faire route !

9.

LES CHAMPIGNONS

Au Docteur Loubrieu.

Deux longs mois de soleil torrides
Ont fait nos frais vallons arides
Et roussi l'herbe du coteau;
La terre a perdu son manteau
De blés, et semble avoir des rides.

Brusquement d'aveuglants éclairs
En longs zigzags hachant les airs
Ouvrent une brèche à l'orage;
Et la pluie et le vent font rage
Sur les champs fauves et déserts...

Et soudain une étrange flore
Multiforme et multicolore
S'étale aux yeux émerveillés :
Par le tonnerre réveillés
Les champignons viennent d'éclore !

Isolés au fond des halliers,
Groupés comme des écoliers
En vingt attitudes contraires,
Parfois deux à deux, comme frères,
Sympathiques et familiers,

Courts et ventrus, menus et grêles,
Noirs poussahs, fines demoiselles,
Nains difformes et grimaçants,
En corsets terreux ou luisants,
Lourds chapeaux ou fines ombrelles,

Ils peuplent les bois ténébreux,
Se pressent, encor plus nombreux,
Sur les mousses dans les clairières,
Embaument pâtis et bruyères,
Et falaises des chemins creux.

Roux comme l'or, bruns, rouges, fauves,
Pâles avec des dessous mauves,
Blancs comme des lys frais éclos,
Ou comme l'écume des flots,
Glabres comme des crânes chauves,

D'aspects parfois inquiétants,
— Têtes-de-morts, bolets-satans,
Pieds-de-rats, pets-de-loups énormes,
Sinistres de teint ou de formes
Et gonflés de poisons latents, —

Tous sur la glèbe solitaire
Ils ont surgi du grand mystère,
Parmi les éclairs et le bruit,
Furtifs, en hâte, en une nuit,
Ces fils étranges de la Terre.

Quelques soleils vont les dorer,
Quelques limaces s'y vautrer,
L'averse amollir leur chair tendre :
— Un peu de fange, un peu de cendre,
Au grand giron tout doit rentrer.

LE JARDIN

JARDIN merveilleux où ma prime enfance
Au milieu des fleurs apprit à marcher,
Sans aucun souci, ni d'autre défense
Que de me tenir loin du grand rucher!

Jardin vaste, ombreux, abrité, fertile,
Et qui m'attirait en toute saison,
Profond comme un bois, ceint d'eau comme une île,
Parterre ou désert, mais jamais prison!...

Poiriers et pommiers — d'aucuns centenaires —
Se penchaient sur moi d'un air protecteur,
Et de leurs longs bras toujours débonnaires
Plaçaient les fruits mûrs juste à ma hauteur.

Haricots et pois grimpant à leurs rames
Faisaient des mâquis où je m'égarais;
Des nids se cachaient dans leurs fines trames,
Et je m'y croyais au fond des forêts.

Plus loin un ravin à hautes falaises
Me semblait sinistre, avec ses rochers
Suintants, veinés d'ocres et de glaises
Où d'épais ronciers vivaient accrochés;

Avec sa cascade à la voix profonde,
Berceuse superbe à qui tant de nuits
J'ai dû le sommeil, et qui parfois gronde
Encore à présent sur mes longs ennuis...

Ma mère était là, d'ailleurs, attentive
A tout m'expliquer avec son grand cœur,
Depuis les travaux de la ruche active
Jusqu'à la chanson du pinson moqueur.

Et dans quelle école aux vieux murs moroses
Un savant nourri de lourds imprimés
Enseignerait-il ce que dans les roses
Apprend une mère à ses fils aimés?...

*
* *

Plus tard, revenu d'un lointain collège,
Je menais, tremblant, dans le vieux jardin
La mignonne enfant blanche comme neige
Dont les fins cheveux fleuraient bon le thym.

Je ne lui disais que choses banales;
Mais ma mère était là qui souriait,
Heureuse de nos amours virginales
Qu'en rêve, sans doute, elle mariait,

Comme elle nouait les vrilles fluettes
De la vigne au tronc des arbres-tuteurs,
Ou comme elle offrait aux jeunes avettes
Une ruche neuve aux douces senteurs...

*
* *

Ma mère n'est plus, et l'herbe vivace
Pousse sur sa tombe et dans le jardin
Où chaque saison un peu plus efface
Son doux souvenir déjà si lointain.

Ses ruches sont là, mais vides d'abeilles;
Ses arbres moussus croulent en morceaux;
Les ronces en fleurs étouffent ses treilles,
Et le bois voisin a pris ses oiseaux;

Et la pure Enfant loin s'en est allée,
Éprise soudain d'un mystique amour,
Et n'a pas revu la pauvre vallée
Qui depuis trente ans attend son retour.

Seule, l'eau toujours le long de la roche
Roule et chante ou pleure et fuit vers le bois;
Au clocher, là-haut, une vieille cloche
Mêle l'angélus du soir à sa voix.

Ma mère!... L'écho se tait. La nuit voile
Le Jardin désert, la Maison sans feu...
Mais sur le coteau s'allume une étoile :
Est-ce toi, ma mère, aux jardins de Dieu?

AU CABARET

Ce soir le cabaret flamboie;
Et sur ses bancs lourds et rugueux
Nos paysans — plus rudes qu'eux —
Ont assis leur soif et leur joie.

Çà, les rissoles au jambon
Cuites sous la cendre de l'âtre,
La saucisse en serpent noirâtre,
L'andouille qui fait le vin bon!

Ça, les bouteilles rebondies
D'où le petit clairet jaillit,
Qu'on vide vite, et qu'on remplit
Plus vite encor — sans perfidies!

Et les gras propos, les jurons,
Les rires épais en cascades,
Où s'entremêlent des bourrades
Sur les genoux et les dos ronds!

A nous les chansons des ancêtres,
A plein cœur comme à pleine voix,
Pour qu'on les entende des bois
Où les loups répondront peut-être!

Le doigt à l'oreille, conscrits,
Pour qu'un air au nôtre contraire
Ne nous vienne soudain distraire
De nos vieux refrains favoris!...

*
* *

Et maintenant une bourrée!
Qu'est-il besoin de violons?
La voix humaine et les talons
Sont l'orchestre de la contrée.

Un chanteur en sabots d'abord,
Et qu'on le hisse sur la table ;
Qu'il s'y démène comme un diable,
Et boive sec et chante fort!

« — Allons, la mère, un tour ensemble
« Qui nous rappelle nos vingt ans! »
« — On dansait mieux de notre temps... »
Et leur chef branle et leur voix tremble.

Les jeunes gens, les beaux lurons,
Tournent comme des girouettes,
Accompagnant leurs pirouettes
De cris aigus et fanfarons,

Claquant des doigts par dessus tête
Et dessous jambe tour à tour :
Le plancher n'est qu'un grand tambour
Où leurs talons font la tempête;

Et le cabaret enfiévré
Qu'une fournaise ardente où roule,
Dans un brouillard vineux, la houle
D'un Mardi-Gras exaspéré...

*
* *

Cependant minuit tinte; et, blême,
Parmi la neige et le brouillard,
Sur son cheval de corbillard
Arrive le maigre Carême;

Et buveurs, danseurs et chanteurs,
— Hors de raison et hors d'haleine, —
S'en vont vers le bois ou la plaine,
Dans la combe ou sur les hauteurs.

Des sabots clopinent dans l'ombre;
Un bout de refrain trouble encor
Un vieux coq, qui sonne du cor...
Puis au sommeil profond tout sombre.

Seule une vitre luit, jetant
Un levier d'or dans l'étendue.
« C'est quelque comète perdue. »
Dit un ivrogne en hoquetant.

Non; c'est le feu du presbytère
Où le curé fait pour demain
La cendre grise dont sa main
Marquera ton front pour la terre!

CIMETIÈRE NEUF

Vous avez fait, amis, un nouveau cimetière,
Riant, plein de soleil, aussi vaste qu'un pré,
Clos de murs, avec un portail en fer ouvré :
La paroisse y tiendrait aisément tout entière.

Il est hors du village, ainsi que le prescrit
Le Code; et rien jamais de ses glèbes lointaines
Ne viendra troubler l'eau que puisent aux fontaines
Les vivants, ni l'air pur et froid qui les nourrit.

Vos morts y dormiront dans une paix profonde :
Rien des vivants n'ira non plus jusqu'à leurs lits;
Ils se trouveront là deux fois ensevelis,
Loin du jour importun et loin des bruits du monde...

*
* *

J'aimais mieux cependant le cimetière ancien,
Étroit et familier, abrité par l'église
Au midi, par l'école à l'est, et de la bise
Par les débris du vieux donjon patricien.

Je trouvais consolant et doux ce voisinage;
Le matin et le soir, quand sonne l'angélus,
On pensait un moment à ceux qui ne sont plus :
Les vivants et les morts faisaient là bon ménage.

Le dimanche, du fond des hameaux isolés,
Les petits-fils venaient saluer les ancêtres;
Et l'on s'en retournait tout pensifs sous les hêtres,
Chacun ayant prié pour ses morts et ses blés.

Et les marmots, le soir, en sortant de l'école,
Avant d'aller courir après les nids joyeux,
Sur les croix de bois noir levaient leurs beaux grands yeux,
Et se sentaient pour un instant l'âme moins folle;

Tandis que les vieillards perclus et grelottants,
Dans les jours froids d'hiver qu'un rayon illumine,
Venaient près du lézard chauffer leur maigre échine
Au mur le long duquel les morts dorment contents;

Et jusqu'aux amoureux qui, les mains enlacées,
En passant sous ce mur, par les soirs longs et doux,
Songeaient au dernier lit où s'en vont les époux,
Mariant l'Amour et la Mort dans leurs pensées...

Ah! vous avez grand tort de bannir vos défunts
Du village où sans doute errent encor leurs âmes;
Il faut garder la cendre où brillèrent les flammes :
Malheur à qui ses morts deviennent importuns!

MON ÉGLISE

PAUVRE église sans style, humide, basse, obscure,
Je t'aime! — Oui, quoique ayant laissé par les chemins
La ferveur qui brillait, enfant, sur ma figure,
Et m'emplissait le cœur et me joignait les mains,

Je t'aime! Et je retourne une heure, les dimanches,
Avec l'humble troupeau qui sait prier encor,
Voir s'incliner toujours têtes brunes ou blanches
Sous la main qui bénit avec l'ostensoir d'or.

Longuement mes regards errent sur telles places,
Vers tels antiques bancs rangés le long des murs,
Et trouvent des vieillards aux attitudes lasses,
Où j'avais vu des fronts blonds comme les blés mûrs.

Et vainement je cherche, au lutrin, aux chapelles,
Dans la haute tribune où jadis ils chantaient,
Quelques aînés de marque aux voix rudes mais belles,
Dont les éclats, les jours de fête, m'enchantaient;

Tous se sont tus, et tous dorment près de l'église;
En me dressant je vois l'herbe fleurir sur eux;
Et j'attends, inquiet, que le vieux curé lise
Les noms des morts aimés, tous les jours plus nombreux.

Morts heureux cependant, car nul ne les oublie,
Car leurs enfants sont là, fidèles et pieux,
Et ce n'est pas en vain que leur voix les supplie
D'aider d'une oraison leur âme vers les cieux...

A présent plus d'un va vers la table mystique;
J'y vois aller surtout les filles aux yeux clairs
De celles avec qui nous chantions maint cantique
Jadis, les mêmes jours et sur les mêmes airs.

Et lentement un charme en mon âme pénètre;
Des pleurs montent, très doux, de mon cœur à mes cils:
Est-ce ma foi d'enfant naïf qui veut renaître?
Vais-je trouver un port à tous mes longs exils?

Je me laisse conduire au fil d'or de ce songe;
Je me refais petit, si petit que je peux,
Et dans ce bain mystique éperdument je plonge
Ma pauvre âme souillée à tant de bords fangeux...

Église, humble et petite église du baptême,
Des cantiques d'enfants, des amours éthérés,
Des purs bonheurs et des grands deuils, toujours je t'aime,
Et retrouve le calme en tes murs délabrés.

III

Vers la Maison

MAISON A CONSOLER

A Madeleine.

Je comprends que le soir où, — nouvelle épousée
Si loin de ta Provence en fleurs dépaysée,
Après un dur trajet par combes, monts et bois,
Tu pénétras enfin pour la première fois
Dans ma pauvre demeure, — en voyant ses murs sombres
Où le feu du foyer luttait avec les ombres,
Les solives portant le plafond enfumé,
Et la table rustique où, sur la toile bise,
Notre antique *kalel* en hâte rallumé
Se balançait ainsi qu'au souffle de la bise;
En voyant s'avancer vers toi, — bons et joyeux,
Mais gauches et naïfs et déjà presque vieux, —
Mes parents, qui t'aimaient, certes, comme leur fille,
Mais qui te le disaient en leur simple patois,

Sans phrases, mieux encor d'un serrement de doigts
Et d'un regard humide où l'âme tremble et brille,
— Tu dus sentir ton cœur étrangement serré :
Tel celui d'un enfant aux forêts égaré,
Qui craint de voir, du fond de sinistre repaires,
S'élancer tout à coup brigands, loups ou vipères,
Et crie en appelant, et veut fuir dans le noir...
Pourtant elle t'aima, malgré ses airs sévères,
Ma maison, — j'en suis sûr, — et dès le premier soir.
Elle t'aima de la tendresse d'une aïeule
Que ses enfants grandis longuement laissent seule,
Pour ses petits-enfants et leurs fraîches amours;
Ainsi que les vieux nids adorent les beaux jours
Qui les rajeuniront de leurs feuilles nouvelles,
De leurs airs printaniers et de leurs frissons d'ailes...

Rappelle-toi, d'ailleurs, l'aurore et le réveil,
Les abeilles entrant dans un rai de soleil,
Le moulin caquetant, la basse-cour joyeuse,
Et la grand'salle, encor la veille soucieuse,
Illuminant enfin, pour mieux te faire accueil,
La pierre du foyer et la pierre du seuil...

Oui, ma pauvre maison t'aimait... Et même, à l'heure
Où tous les êtres chers qui l'animaient alors
Sont partis, — la plupart pour aller chez les morts, —

Par les rameaux jaunis du poirier qui l'effleure
Sans doute elle se plaint de ne plus te revoir,
Toi qu'elle effaroucha d'abord, le premier soir,
Mais dont elle abrita longuement la chimère
De jeune mariée en rêve déjà mère,
Et ces bonheurs profonds, mais tremblants et voilés
Comme les fins bluets perdus dans l'or des blés...

Aussi, si tu m'en crois, quand l'été nous ramène
Dans nos forêts, descends quelquefois, en semaine,
Aux heures où fermiers et bêtes sont aux champs,
Vers ce logis muet aux souvenirs touchants;
Pousse la porte grise aux ferrures rouillées,
Et pénètre, furtive, en cette demi-nuit
Où, parmi les sanglots d'eau discrète qui fuit,
Pleurent sans fin de pauvres âmes esseulées;
Car les vieilles maisons, comme les vieilles gens,
Souffrent, j'en suis certain, des déclins affligeants,
Et veulent quelquefois être aussi consolées.

LES RETOURS

Ah ! combien triomphants les retours au Pays !
— Retour de l'écolier ou du soldat, qu'importe ?
Comme la vision se dresse, fraiche et forte,
Dans nos cœurs palpitants et nos yeux éblouis,
Du rustique clocher et du seuil de la porte !

Comme nous évoquons en nos rêves fiévreux,
— Des jours, des mois entiers avant l'heure bénie,
Puis en route, oublieux de la tâche finie,
De la cloche d'étude et du vieux mur lépreux, —
Les cloches de chez nous chantant leur litanie !

Comme tout nous sourit le long des vieux chemins :
L'arbre, le roc moussu d'où la source s'épanche,
L'oiseau qui nous salue au bout de chaque branche,
L'hôtesse qui s'écrie en nous tendant les mains,
Un travailleur là-bas, appuyé sur le manche;

Des inconnus levant leurs grands chapeaux déteints
Et nous disant : « Bonsoir, petit! » d'une voix grave;
Le vieux ravin sinistre où l'on s'engage en brave,
De longs abois de dogue en quelques mas lointains,
Le ruisseau qu'un moulin fait jaser comme un gave;

Et — soudain reconnu — le sommet arrondi,
Quelquefois surmonté d'un grand arbre en panache,
Au pied duquel on sait que notre toit se cache,
Bien abrité du nord, l'escalier au midi,
Avec la basse-cour où le vieux coq se fâche!...

Plus qu'une lieue! Allons, un coup de vin, debout,
A la dernière auberge... et vite l'on s'échappe...
Tout à l'heure, là-bas, les coudes sur la nappe
Et le dos à la flamme où la marmite bout,
On oubliera si bien les douleurs de l'étape!

Vite! vite!... Et pourtant on ralentit son pas,
Dans la tiède douceur qui sort du crépuscule;
Sur le point d'arriver, il semble qu'on recule;
On voudrait débarquer de jour, on n'ose pas,
Car on craint de pleurer et d'être ridicule...

Descends donc, tendre nuit aux longs voiles cendrés,
Estompe les coteaux, les arbres et les roches;
Laisse venir vers nous les angélus des cloches,
Et les flûtes de nos ruisseaux au fond des prés,
Et l'exquise langueur des natales approches!...

*
* *

On arrive. — Voici les premières maisons,
L'une depuis longtemps lourdement endormie,
L'autre d'où sort encor une rumeur amie
Et de vagues clartés s'échappant des tisons,
Et le chant des grillons berçant cette accalmie.

On presse le loquet : « C'est moi ! » Moment divin !
— Surtout quand nul n'attend la soudaine arrivée,
Quand toute la famille, en hâte relevée,
S'ébahit et s'exclame en des baisers sans fin
A celui dont le sort si longtemps l'a privée !...

* * *

Pourquoi faut-il parfois de tragiques retours
Vers le lit d'un mourant aimé qui nous appelle ?
On voudrait dévorer la distance rebelle,
Et crier : « Ne meurs pas ! je suis ici ! j'accours ! »
Mais dans les bois le vent fait sa plainte éternelle ;

Et le gouffre répond par la voix des torrents,
Et les arbres tordus menacent les nuées
De cris aigus, de craquements et de huées.
Entendez-vous passer, par tourbillons errants,
Les âmes mortes en feuilles mortes muées ?...

Amis, n'ayez jamais que des retours joyeux!
Lorsqu'à votre berceau le destin vous rapporte,
Ne trouvez au foyer jamais la flamme morte,
Jamais les volets clos, ni les bras, ni les yeux,
Ni jamais un cercueil derrière votre porte!

RACINÉS ET DÉRACINÉS

A Maurice Barrès.

Ils sont là huit ou dix, dans le champ ou la vigne,
— Pioche ou bêche à la main, épars ou bien en ligne,
Hommes mûrs, jeunes gens, des femmes quelquefois, —
Les sabots enfoncés dans la glèbe attiédie,
Le dos courbé sous le soleil qui l'incendie,
A peu près sans regard, sans haleine et sans voix.

Ils vont plantant, semant, sarclant, selon leur force,
Poussant jusques au cœur, ou glissant sous l'écorce
Tige, racine ou graine, espoirs lointains ou prompts,
Aprement, sans répit, dans la hâte et la fièvre
Des beaux jours revenus, l'amertume à la lèvre,
De la sueur coulant des fronts.

Là-bas, le hêtre feuille au bord du bois qui chante;
Près d'eux, sur le coteau, dans leur pudeur touchante
Rougissent les pêchers; et là-haut, dans l'azur,
L'alouette en montant se grise de lumière. .
— Le paysan poursuit sa tâche coutumière,
Les yeux rivés toujours sur le sillon obscur.

* * *

Mais un coup de sifflet strident perce l'espace;
Un grondement le suit : le train débouche et passe
Et fuit dans la fumée épaisse en haletant...
Les rustiques, surpris, ont redressé l'échine,
Et fixé leurs yeux las sur la lourde machine
Qui se hâte car on l'attend.

Eux, dont les pieds sont pris dans la glaise natale,
Comme les ceps tordus que la colline étale,
Ils regardent passer courant vers l'horizon
La tribu des errants que le destin charrie,
Comme l'herbe séchée et la feuille flétrie
Que promènent les vents de l'arrière-saison.

Ils regardent passer, en ce convoi de rêve
Volant vers la cité, vers le mont ou la grève,
L'ambition, l'ennui, la chimère, le deuil,
Les longs espoirs déçus, la soif inassouvie
De tous les vains bonheurs qui dévorent la vie
Quand on s'est exilé du seuil.

Puis lentement, tournant le dos à la vallée
Où décroît le fracas de la fuite affolée,
Le paysan reprend son labeur obstiné,
Enfonçant plus avant ses orteils et sa pioche
Dans la terre fumante ou le creux de la roche
D'où nul souffle nouveau ne l'a déraciné.

*
* *

Seuls, à l'écart un peu, l'œil perdu dans leur songe,
Deux amoureux, tandis que le train hurle et plonge
Sous la montagne morne où finit l'horizon,

Sentent leur cœur troublé du passage d'une ombre;
Car Lui va s'en aller vers la caserne sombre,
Elle, l'attendre à la maison.

Il s'en ira bientôt par cette même voie,
Emportant avec lui pour longtemps toute joie
Les bons regards, les doux propos par les chemins,
Le charme de ces champs fleuris de leur tendresse,
Les travaux en commun, — si doux! — et la caresse
De l'épaule à l'épaule et des mains dans les mains.

Lui, — triste de quitter la petite Payse
Au teint clair, aux cheveux dorés, à l'âme exquise, —
Ouvre pourtant son rêve à des bonheurs lointains;
Mais Elle tremble, hélas! qu'après plusieurs années,
Il ne revienne aux lieux où leurs amours sont nées
Le cœur vide et les yeux éteints;

Ou que même la Ville à jamais ne le garde;
Et qu'après les longs jours de fièvre où l'on regarde
Le chemin par lequel le promis s'en alla,
Elle ne reste seule à jamais, vieille fille,
Sans gaîté, sans espoir, sans amour ni famille,
Fleur sèche de la lande où le vent la brûla.

Ah! malédictions sur vous, Cités ogresses,
Mangeuses de cœurs chauds et de jeunes tendresses,
Qui dépeuplez nos champs des beaux semeurs de blé!
Quand donc un Laboureur aux géantes charrues
Fera-t-il des sillons larges comme des rues
Sous votre granit écroulé!

LES DÉPARTS

A Izoulet.

Depuis plus de trente ans je refais ce voyage,
Tous les ans à pareille époque ; et tous les ans,
Le même jour, au même endroit, — sans que ni l'âge,
Ni l'amitié, ni l'art aux appels caressants
Aient pu diminuer le regret que je sens, —
Je pleure en quittant mon village.

J'avais cru que le jour où ma vieille maison
N'aurait plus un vivant pour m'en ouvrir la porte,
Mon cœur plus aguerri de saison en saison
Laisserait, au départ, mon âme un peu plus forte ;
Car, en effet, pourquoi pleurer quand il n'importe
Qu'aux morts dormant dans le gazon ?...

Or comme aux premiers temps où, dans une agonie,
Je m'arrachais des bras des miens tout éplorés,
Mon âme saigne encor d'une angoisse infinie
A quitter ce vieux toit, ces champs, ces bois, ces prés
Que j'aurais dans mes vers à jamais consacrés
Si le cœur donnait le génie.

*
* *

Plus que trois jours, plus que deux jours, un jour, un seul!
Plus qu'une seule nuit, triste et pourtant trop brève,
A passer au foyer, dans le lit de l'aïeul
Et du père, — attendant que l'aurore se lève
Pour reprendre sa route et poursuivre le rêve
Qu'eux ont fini dans le linceul!...

Debout! Le coq le crie et la cloche et l'écluse,
Le nuage qui passe et le soleil qui luit,
Et la brise aux forêts donnant sa voix confuse,

Tout ce qui court, travaille et se hâte et s'enfuit...
Debout! Il faut qu'un peu de fumée et de bruit
Quelques jours encor nous abuse!

Et l'on repart, le cœur serré, des pleurs aux yeux
Rien qu'à quitter des murs, un verger solitaire,
Des bêtes, des voisins qui connurent nos vieux,
Des arbres dont le front nous fait un signe austère,
Comme pour nous montrer leurs pieds pris dans la terre
Où reposent tous les aïeux.

Et tout ce qui demeure à son tour nous supplie
De rester : seuil, jardin, clocher, doux horizon ;
Le infinis liens dont la glèbe nous lie
Du petit coin natal nous font une prison,
Et le cercle magique autour de la maison
Mille fois sur nous se replie...

Ah! quel mystère en toi, Terre que nous foulons
De nos premiers sabots d'écolier ou de pâtre,
Maigre et dure parfois, mais qui prends nos talons,
Ainsi qu'avec la main une mère idolâtre,
Roche dont notre père a fait le seuil et l'âtre
D'où les fous nous nous exilons!

Quelle force cachée et pourtant souveraine,
Quelle vertu secrète et que rien n'affaiblit!
Jeunes, nous la bravons; vieux, elle nous ramène
Vers l'antique foyer et vers l'antique lit,
Et vers le sol connu qui nous ensevelit,
Ainsi que le sillon la graine...

*
* *

Départs, tristes départs! — D'abord, aux matins froids
D'octobre, pour aller en un lointain collège;
Nos mères nous menaient, pleurantes, à la croix
Du carrefour, où sur ces adieux qu'on abrège
Le doux Crucifié par qui tout deuil s'allège
Pleurait avec elles, je crois.

Puis départs de conscrits que la caserne appelle...
Leur promise, la nuit, a juré sous l'auvent,
Dans un très long baiser, qu'elle serait fidèle.

Ils partent, — quelques vieux en larmes les suivant
Jusqu'à leurs petits biens où, plus encor qu'avant,
        Le sol va leur être rebelle...

Et que d'autres départs dans la vie espacés,
Faits de l'arrachement de fibres douloureuses,
De morceaux de nos cœurs aux églantiers laissés,
De sanglots maternels et de pleurs d'amoureuses,
Et de ces long regards qu'ont les faces terreuses
        Des moribonds déjà glacés !

Jusqu'à ces noirs départs que ne pleure personne,
— Ceux qui pourraient pleurer, hélas ! étant partis
Pour des pays dont le retour jamais ne sonne ; —
Départs bien plus amers, par nous seuls ressentis,
Et qui sont l'abandon de nos défunts blottis
        Sous l'herbe haute qui frissonne...

Ah ! puissé-je toujours ignorer ces adieux !
Puissé-je ne jamais quitter le sol que j'aime
Sans voir quelqu'un pleurer et me suivre des yeux
Jusqu'au tournant du vieux chemin toujours le même,
Où sur sa croix le pauvre Christ, toujours plus blême,
        Incline son front soucieux !

Et puisse enfin la voix impérieuse et tendre
De la glèbe natale et du foyer en deuil
Parler plus haut, — si haut, que mon âme, à l'entendre,
En oublie à jamais les chemins de l'orgueil,
Et que j'aille vieillir au soleil sur le seuil
De ma Maison qui doit m'attendre!

Table

TABLE

I. — MA MAISON

II. — AUTOUR DE LA MAISON

III. — VERS LA MAISON

Achevé d'imprimer

le neuf mai mil huit cent quatre-vingt-dix-neuf

PAR

ALPHONSE LEMERRE

6, RUE DES BERGERS, 6

A PARIS

5. — 3310.

ŒUVRES

DE

François Fabié

Petite Bibliothèque Littéraire

Poésies (1880-1887). *La Poésie des Bêtes. — Le Clocher.* 1 volume in-12 avec portrait. . . . . 6 fr.

— (1888-1892). *La Bonne Terre. — Voix rustiques.* 1 volume in-12. . . . . 6 fr.

Ces deux volumes ont été couronnés par l'Académie française.

Édition in-18

La Poésie des Bêtes. 1 volume. Ouvrage couronné par l'Académie française. . . . . 3 fr.

Le Clocher. 1 volume. . . . . 3 fr.

La Bonne Terre, 1 volume. . . . . 3 fr.

Amende honorable a la Terre. . . . . » 50

La Poésie dans l'Éducation et dans la Vie (Discours prononcé à la Sorbonne, à la Distribution des prix du Concours général). 1 vol. . . . . » 75

Voix Rustiques. 1 volume. . . . . 3 fr.

Vers la Maison. 1 volume. . . . . 3 fr.

Paris. — Imp. A. Lemerre, 6, rue des Bergers. — 4-3310

www.ingramcontent.com/pod-product-compliance
Ingram Content Group UK Ltd.
Pitfield, Milton Keynes, MK11 3LW, UK
UKHW021057200726
13857UKWH00003B/968